El fuego
tiene
vitaminas

Derechos reservados
© 2014, Juan Villoro
© 2014, Juan Gedovius, por las ilustraciones
© 2014, Editorial Almadía S. C.
      Matriz: Avenida Independencia 1001 - Altos
      Col. Centro, C.P. 68000
      Oaxaca de Juárez, Oaxaca
      Dirección fiscal: Monterrey 153,
      Colonia Roma Norte,
      Delegación Cuauhtémoc,
      C.P. 06700, México, D.F.

www.almadia.com.mx
www.facebook.com/editorialalmadia
@Almadia_Edit

Primera edición: agosto de 2014
Primera reimpresión: noviembre de 2014

ISBN: 978-607-411-150-7

JUAN VILLORO
El fuego tiene vitaminas

ILUSTRADO POR JUAN GEDOVIUS

Almadía

A Juan Pablo, que me pidió que le contara mi sueño.

Julián tenía un ojo más bajo que otro. Esto le sucede a muchas personas, pero a él se le notaba un poco más.

—No es un defecto sino una ventaja —le decía Rocío, una chica de su edad—: encuentras antes que nadie las figuras de las estrellas y las nubes.

Era cierto. En la mañana, Julián miraba el cielo y descubría que las nubes formaban un helado con todo y barquillo, un mazapán, un pan de muerto, una quesadilla, una rosca de Reyes…

Además de tener buena vista, Julián era bastante goloso. Distinguía más fácilmente un pastel en las nubes que algo tan aburrido como una llanta o un zapato. De noche, cuando ya había cenado, adivinaba en las estrellas otro tipo de dibujos, cosas que no eran para comer pero que también le gustaban: un velero, un trompo, un columpio, una pelota…

Una noche creyó ver una balanza: dos estrellas parecían hacer equilibrio, como si pesaran el cielo.

Se las mostró a Rocío:

—Son como tus ojos —dijo ella.

Esto le fascinó porque ella le gustaba mucho. Tenía un pelo

negro como una noche sin luna, una sonrisa contagiosa y ojos que brillaban ante algo emocionante. Además, su mejilla estaba adornada por un lunar.

En la escuela, sus compañeros se burlaban de ese lunar. Decían que parecía un mosco de fruta (algo bastante lógico porque las mejillas de Rocío tenían un brillo de manzana). Pero a Julián le encantaba.

Hubiera querido decirle lo mismo que ella dijo de sus ojos: "No es un defecto sino una ventaja".

Pero no se atrevía. La vida es muy misteriosa. Julián podía hablar de corrido con cualquier persona, menos con Rocío.

Si la veía, se le ocurrían imágenes: su pelo ondulaba como un papalote, su cuello era esbelto como un río, su risa era como el primer sol de la mañana. Pero no se atrevía a decir nada.

—¿No estarás enamorado? —le dijo don Pedro García, el herrero del pueblo.

—¿Por qué? —preguntó Julián.

—He visto cómo miras las nubes y las estrellas. He visto cómo guardas silencio y contemplas los pájaros, como si buscaras un mensaje en su vuelo. Pero sobre todo, he visto cómo te acercas al fuego.

Esto último sorprendió a Julián. Todas las tardes, después de ir a la escuela, pasaba por El Clavo Ardiente, la herrería de don Pedro García, y, en efecto, se quedaba horas viendo las llamas.

Hasta ese momento no había pensado que eso fuera especial. Don Pedro le explicó lo siguiente:

—He fabricado todos los tornillos y todas las tuercas de este pueblo, le he puesto rejas a todas las casas, he confeccionado las herraduras de todos los caballos y de algunos burros, he colocado cerraduras grandes en las puertas de los miedosos y cerraduras pequeñas en las puertas de los confiados, incluso hice el diente de fierro del presidente municipal, que perdió un colmillo al morder un hueso. Conozco a la gente por su relación con los metales.

Pedro García tomó unas pinzas, sacó un bloque candente del fogón y le dio martillazos hasta convertirlo en un clavo. Luego comentó:

—El fuego moldea los metales y el carácter de las personas.

Aunque ya tenía muchos años (nadie sabía cuántos), don Pedro era el hombre más fuerte del pueblo. Sus brazos enormes, atravesados de venas azules, tenían un tono rojizo de tanto acercarse a la lumbre.

Usaba un delantal negro, de piel de toro, y llevaba bandas de cuero en las muñecas. Su larga melena blanca y su barba espumosa hacían pensar en los magos de otros tiempos.

—Te voy a contar una historia sobre los misterios del fuego —dijo con la voz grave de quien ha tragado muchos humos—. Hace años conocí a un joven parecido a ti. Pasaba horas en mi taller, mirando la lumbre. Era muy pensativo y no sabía cómo expresar lo que tenía en la cabeza. Un día me pidió que hiciera una cerradura especial. Se había enamorado y quería que la cerradura tuviera forma de corazón.

—¡Conozco esa cerradura! —exclamó Julián.

—Claro, es la de tu casa —dijo don Pedro—. Tu padre es romántico y eso puede ser hereditario.

El papá de Julián era un señor tranquilo y barrigón. Costaba trabajo imaginarlo enamorado.

—De joven era como tú —dijo el herrero—. ¿Ya no se distrae con el fuego?

—Bueno… cuando mi mamá pone las tortillas en el comal, se acerca a darle un abrazo. Le gusta que ella haga tortillas tan sabrosas.

—Seguramente, el fuego le recuerda que la ama. Las primeras fogatas se hicieron por necesidad, para calentar comida o combatir el frío. Luego los hombres descubrieron que el fuego también sirve para amar. La palabra *hogar* quiere decir "casa", pero también "chimenea". Si quieres a alguien, compartes el fuego con esa persona.

Don Pedro tomó unas grandes tenazas y sacó del fogón una hoja metálica. La aplanó con poderosos golpes de martillo, luego se puso una máscara de hierro y acercó el metal a una piedra giratoria, para pulirlo entre una lluvia de chispas.

—¡Listo! —dijo al cabo de unos minutos— Te lo regalo. Ponte guantes porque todavía está caliente.

Julián se ajustó unos guantes de cuero de chivo para sostener lo que le entregaba don Pedro: un cuchillo brillante.

—Úsalo con cuidado. Tiene el mejor filo de la región. Si un coyote te ataca podrás defenderte. Espero que eso no sea necesario. Te puede servir para cortar tunas, para rebanar los pasteles que tanto te gustan, para hacer animales de madera, y para alguna otra cosa que se te ocurra —al decir estas últimas palabras, el herrero guiñó un ojo en forma misteriosa.

Al día siguiente era sábado y Julián no tenía clases. Tomó su cuchillo y enfiló rumbo al monte. Era muy temprano y los conejos aún andaban por ahí.

Vio siete antes de llegar a la ladera donde los árboles daban una sombra agradable. Se sentó sobre una piedra y cortó unas ramas para probar su cuchillo. En verdad tenía un filo espléndido.

Contempló los pájaros en el cielo hasta que se le ocurrió algo atrevido. Un cuchillo podía servir para muchas cosas pero sobre todo para una: trazar su nombre y el de Rocío en un corazón.

Estaba rodeado de árboles pero necesitaba un sitio más aislado.

Los amigos de la escuela solían pasar por ahí. Se burlarían de él si sabían que amaba a Rocío.

Tenía que ir más lejos.

Empuñó el cuchillo y subió hasta la cima del monte. El esfuerzo valió la pena. Desde arriba vio el valle que se extendía hasta donde alcanzaba la vista. La tierra tenía el color de los ladrillos y las plantas parecían más verdes. Al pie de la colina, distinguió árboles que se mecían con el viento. Un buen sitio para trazar un corazón sin ser descubierto.

Caminó durante dos horas. Los árboles estaban más lejos de lo que parecía. El cansancio y las ganas de llegar lo hicieron tropezar con una piedra. Se raspó las manos y las rodillas. Encontrar un sitio para su corazón era más difícil de lo que pensaba.

Finalmente llegó al sitio arbolado. Escogió un tronco grueso y sacó su cuchillo.

Estaba por hundirlo en la madera cuando oyó un ruido. Era un rumor ronco, parecido a un oleaje, al motor de una lancha o a los ronquidos de cuatro personas.

Pensó que se trataba de su imaginación. Estaba agotado y había recibido demasiado sol. Seguramente confundía el viento con otro sonido.

Se concentró en su tarea: con su afilado cuchillo trazó un corazón regordete donde las letras *R* y *J* cupieron de maravilla.

En eso, volvió a oír el ronquido. Ahora sonó con más fuerza. Parecía venir del cerro. Julián se acercó ahí, con pasos lentos y precavidos. En el trayecto vio plantas quemadas, rodeadas de cenizas, como si alguien hubiera hecho una fogata. Más adelante, distinguió un hueco oscuro entre las piedras: la entrada a una cueva.

El ruido regresó con extraordinaria potencia. Era como la tos de un gigante. La cueva parecía habitada por un monstruo, y ese monstruo tenía gripe.

Llevaba un cuchillo capaz de cortar una rama mediana. ¿Serviría para enfrentar al gigante o la bestia que dormía en la caverna?

Pensó en los animales con los que podía luchar, comenzando por un ratón. ¿Qué tal si se trataba de un oso de grandes garras?

No, la verdad es que no se atrevería a enfrentarse a un oso.

—¡¡¡¡¡Agggrrrrrr…!!!!!

El ruido alcanzó mayor poderío. Aquello no podía ser un oso. Ese animal tenía pulmones de locomotora.

—¡¡¡¡¡Agggrrrrrr…Chú!!!!!

El suelo tembló con un estornudo descomunal.

¿Quién podía estar resfriado en esa cueva? Si se tratara de un gigante, necesitaría cuarenta aspirinas. Si se tratara de un animal, ¿qué veterinario se atrevería a curarlo?

Julián quería volver a su casa, pero sus pies parecían pensar por su cuenta y se acercaron más a la boca de la cueva:

—¡¡¡¡¡Agggrrrrrr…Chú!!!!!

Esta vez sintió un aire tibio en la cara y un olor a verduras quemadas. ¿Alguien comía allá adentro?

Iba a asomarse a la cueva cuando se produjo otro estruendo. En esta ocasión sonó más o menos así:

—¡¡¡¡¡Iiiiiiiiii….aaaaaa…kkkkk…uuuuu….kkkkk!!!!!

Ese escándalo no era normal. No podía venir de un gigante, ni de un oso, ni de otro animal. Eso tenía que ser un monstruo.

Se escucharon rechinidos y algo se movió en la cueva, produciendo un rodar de piedras. ¡El monstruo iba a salir!

Julián huyó a toda prisa.

Corrió y corrió bajo el sol, más rápido que en las competencias de la escuela. Corrió y corrió hasta que tuvo los labios resecos. Corrió y corrió, espinándose en los magueyes y raspándose con las piedras. Corrió y corrió rumbo al valle, rumbo al cerro, rumbo al pueblo. Corrió y corrió hasta que se dio cuenta de que tenía las manos vacías.

De tanto correr había perdido el cuchillo.

En vez de ir a su casa, se dirigió a El Clavo Ardiente.

–¡Dios mío! –exclamó don Pedro cuando lo vio llegar– ¿Dónde te has revolcado?

–¡Agua! –el muchacho habló como un náufrago.

El herrero acababa de preparar limonada. Le acercó una jarra y un vaso. Julián tenía tanta sed que bebió directamente de la jarra hasta acabarse la limonada.

–Una sed de aventurero –comentó don Pedro, muy intrigado–. ¿Qué te pasó?

–Perdón, me acabé la limonada.

–No te preocupes: en esta casa sobran clavos y limones. ¿Qué te pasó?

–Fui más allá del cerro.

–¿Al Valle Colorado? –preguntó el herrero.

Julián recordó que, ciertamente, la tierra tenía ahí un tono rojizo.

–Sí.

–¿Y qué hacías tan lejos?

–Buscaba un árbol –contestó el muchacho con timidez.

–¿Puedo adivinar para qué? –don Pedro guiñó el ojo como había hecho cuando le dio el cuchillo.

Julián no contestó. El herrero continuó por su cuenta:

–¿Qué hace un enamorado con un buen cuchillo? ¡Busca un

árbol! ¿Para qué? Para grabar sus iniciales y las de su amada, dentro de un bonito corazón. ¿Me equivoco?

En verdad aquel hombre era tan sabio como un mago. Julián guardó silencio y se sonrojó como si el fuego de la herrería estuviera dentro de su cabeza.

—No te preguntaré quién es la chica porque tus ojos desnivelados sólo miran a una con la misma concentración con que miran las estrellas. Tienes buen gusto, muchacho. También a mí me gustan los lunares.

Julián no sabía qué decir. Había buscado el árbol más lejano del pueblo para grabar el corazón en secreto, pero don Pedro había descubierto todo de inmediato.

El herrero se acarició su barba:

—No se lo diré a nadie. Éste es un pacto entre tú y yo. Un pacto de fuego. Por cierto: ¿dónde dejaste el cuchillo?

—Lo perdí. ¡Perdóneme!

Julián habló de los extraños ruidos que había escuchado al acercarse a la cueva.

—Es algo raro, sin lugar a dudas —don Pedro estaba muy pensativo—: He oído grandes ruidos en mi vida: los cohetes de Año Nuevo, la explosión de una mina, el estallido de un camión de gas, el graznido desesperado de un perico que se empachó de buñuelos y los ronquidos de mi difunta esposa. Nada de eso se parece a lo que cuentas. A no ser… —hizo una pausa misteriosa; luego siguió—: ¿No lo habrás imaginado? Tomaste mucho sol y estás deshidratado. Además, el que se enamora imagina cosas.

Normalmente imagina poemas o sueña con el mar. Pero hay amores de todo tipo.

—¡Lo escuché, de veras lo escuché! –gritó Julián.

—Extraño, muy peculiar… Te creo, muchacho. Y ahora: ¿qué opinas de un chocolate caliente, preparado en la olla de mis tachuelas? Los grandes hombres necesitan chocolate para pensar mejor. Es uno de los mejores inventos de México.

Don Pedro preparó un chocolate humeante, lo batió para que tuviera suficiente espuma y lo coló tres veces, con mucho cuidado.

—¿Por qué lo cuela tres veces? –preguntó Julián.

—Por si se me va una tachuela.

En efecto, dos tachuelas fueron a dar a la coladera.

—¿Por qué no usa otra olla?

—Me gusta el sabor picante y un poco metálico que el chocolate adquiere en la olla de las tachuelas. He oído que un sabio inventó el té de tornillo. Yo preparo chocolate de tachuelas.

Julián recuperó las energías con esa bebida extraña pero de excelente sabor.

El domingo Julián despertó con un largo día por delante.

Su papá tocaba la tuba en la banda del pueblo. Tenía la panza ideal para hacerlo: el aire se calentaba ahí después de una buena comida y él lo soplaba para convertirlo en tibias notas musicales. A veces hacía un truco fantástico: sacaba pompas de jabón por la tuba.

El espejo del baño se había partido en dos durante un temblor. Los ojos de Julián, de por sí disparejos, se veían muy curiosos cuando el izquierdo se reflejaba en un trozo del espejo y el derecho en el otro.

Se estaba lavando la cara antes de desayunar cuando su mamá llegó a decirle:

–Habrá baile en la plaza: péinate bien.

Pensó en su papá tocando la tuba, el kiosco del pueblo, los globos que llenarían el aire de colores, el rico olor de los tamales, los elotes con crema y lo bonita que se vería Rocío ese día (en las grandes ocasiones, su mamá le hacía trenzas y le ponía moños color de rosa).

Los bailes en la plaza eran muy divertidos, salvo porque don Fernando, carpintero especialista en hacer sillas chuecas, se emborrachaba con mezcal y quería jalarle la cola a todos los perros.

Julián comenzó a peinarse, pensando en lo que le contaría a Rocío cuando la encontrara en la plaza. ¿Sería capaz de decir algo más que "hola"?

Había dormido bien después de la larga caminata por el Valle Colorado y la conversación con don Pedro García. Estaba contento y le gustaba que su papá tocara las notas graves de la tuba mientras lanzaba pompas de jabón. El sol brillaba allá afuera, como si también el cielo estuviera de buen humor. Pero algo le faltaba.

Había perdido su cuchillo y debía recuperarlo.

Terminó de peinarse, fue a la cocina, mordisqueó una concha y le dijo a sus padres que los vería en la plaza.

—El Clavo Ardiente cierra los domingos —le recordó su mamá. Sabía que su hijo pasaba todos sus ratos libres con don Pedro García.

—Voy a otro lado —contestó el muchacho.

Sus padres confiaban mucho en él y no se preocuparon de que fuera a otro sitio.

Su madre le tendió la llave de la puerta.

Julián abrió la cerradura en forma de corazón. Al hacerlo, sintió un cosquilleo en el suyo.

Se dirigió al cerro, subió a la cima y siguió rumbo al valle. Encontró el árbol donde había labrado el corazón y se dirigió a la cueva, con pasos muy lentos. Sus ojos desnivelados le permitían mirar dos cosas a la vez: un correcaminos con el ojo izquierdo y unas caquitas de conejo con el derecho.

Se concentró, tratando de distinguir un brillo entre las piedras y los matorrales.

El cuchillo no estaba ahí.

De pronto, sintió que la tierra se movía.

—¡Está temblando! —gritó, aunque nadie podía oírlo.

Bueno, eso era lo que creía.

La tierra volvió a mecerse, pero no a causa de un terremoto, sino de algo enorme que caminaba detrás de Julián, acercándose a su espalda.

Contuvo la respiración, esperando ser comido.

Una sombra lo cubrió. Era tan grande que no tenía forma. Él se sintió junto a una montaña. Una montaña que olía a verduras quemadas.

Durante unos segundos no pasó nada. El corazón le saltaba como una liebre. ¿Qué esperaba el monstruo para devorarlo? ¿Primero le iba a poner sal?

Julián cerró los ojos. Luego, una voz amable dijo:

—¿Buscabas esto?

El muchacho se dio la vuelta. Estaba ante algo imposible, algo que sólo había visto en los libros y en la televisión. Un animal con alas, cola y trompa llena de dientes. Un magnífico dragón.

—Lo usé para limarme las uñas —el dragón le devolvió el cuchillo.

—¿Sabes hablar?

—¡¿Por qué siempre me preguntan lo mismo?! —se llevó una pata a la cabeza— Los animales hablaron durante siglos el mismo idioma, pero luego crearon lenguajes distintos para protegerse del hombre. No todo lo que dicen es interesante: las liebres son muy chismosas, los loros no cambian de conversación y los pingüinos tienen un vocabulario muy amplio pero sólo hablan de hielo. Los mejores cuentacuentos son los delfines: pueden empezar una historia en un extremo del océano y acabarla en el otro. He volado junto a ellos.

—¿Entiendes lo que dicen?

—Los dragones tenemos facilidad para los idiomas. Echar

fuego por la boca ayuda a dominar muchas lenguas. Además, nací en Corea, donde todos hablan varios idiomas.

—¿Cómo aprendiste español?

—¿En qué mundo vives, muchacho? ¡Por Internet! No hay programas especiales para dragones pero usamos los de los humanos. Eso sí, hay que tener cuidado de no estornudar fuego porque puedes derretir la computadora.

—¿Y tienes tu propio idioma?

—Naturalmente. Hablo draguno clásico, el viejo lenguaje de los dragones de China, Japón y Corea. Mi esposa, que nació en una isla del Pacífico, habla draguno moderno, que necesita menos fuego para ser pronunciado. El draguno clásico es muy musical: *kometa ye-ye karita tun-tun* significa "hermoso pájaro volador". ¿Cómo te llamas?

—Julián. ¿Y tú?

—Yi Kan Lu, que en draguno clásico significa "chispa dorada".

Julián se rascó la cabeza. Le pareció increíble estar ante un dragón coreano que usaba computadora. ¿Estaría soñando? Se pellizcó para despertar pero siguió en el mismo sitio, bajo la sombra de ese amable dragón.

—¿Vives en la cueva? —preguntó Julián.

—Pasé unos días ahí, bastante resfriado. Los viajes largos dan dolor de cabeza, en el camino atrapas todo tipo de virus y además está el cambio de horas: en Corea ya es otro día. Vivimos dieciséis horas después que ustedes. ¿Sabes que la Tierra es redonda y que los países tienen distintos horarios?

—Claro que sí —contestó Julián.

—No te ofendas, muchacho. Es que como no sabes nada de dragones…

—Nunca había visto uno.

—La mayoría de la gente piensa que somos una leyenda, pero basta con que alguien crea en ti para que existas. ¿Crees que soy real?

—Sí.

—¿Lo ves? ¡Existo! No tienes que ver las cosas para conocerlas. Los dragones nunca hemos vivido en América. Hubo muchos en Europa, donde fueron cazados y perseguidos, y hay otros en Asia, donde somos de buena suerte.

—¿Y qué haces tan lejos de tu país?

—Los dragones somos sociables. Nos gusta la buena conversación y la comida sabrosa. En China, Japón y Corea hay dragones famosos. Algunos usan lentes oscuros y firman autógrafos. Los más conocidos trabajan en circos y parques temáticos. Algunos son simpáticos y otros son presumidos. Pero en general somos buenas bestias.

—No me has dicho qué haces tan lejos de tu país.

—En Asia la gente nos quiere pero cada vez hay menos espacio para nosotros. Los dragones de circo tienen comida garantizada. Los que preferimos vivir en libertad tenemos dificultades para mantener una dieta balanceada. Somos estrictamente vegetarianos. La historia del dragón que se comió a un granjero con todo y huaraches es una mentira. Fue inventada por los cocodrilos, que nos tienen envidia. Comemos plantas, pero cada vez hay menos selvas en Asia. Por todas partes aparecen fábricas de coches, computadoras y zapatos deportivos. La naturaleza está amenazada.

–¿Y cómo produces fuego?

–Gracias a unas glándulas.

–¿Las glándulas son las hierbas que ya no puedes conseguir en tu país?

–¡¿Pero qué enseñan en las escuelas?!! Las glándulas son partes del cuerpo. Necesito una hierba que las estimule para lanzar fuego. Por eso vine a tu país. Me dijeron que aquí vivía un tal Pedro García.

El muchacho sintió una enorme emoción al oír ese nombre:

–¡Es mi amigo! –dijo– Él hizo este cuchillo.

–También hizo esto –el dragón llevó su garra derecha a la espalda, donde tenía una mochila de seda, y sacó una espada que bajo el sol adquirió un extraordinario fulgor–. Perteneció al príncipe Kim, gran defensor de los dragones.

–¿Cuándo fue eso?

–Soy malo para las fechas humanas… hace treinta años dragón.

–¿Cuánto tiempo es eso?

–Creo que dos siglos humanos.

–¡Eso es imposible! Nadie vive tanto.

–Pedro García ayudó al príncipe Kim, que vino aquí montado en un dragón. Ese dragón era mi abuelo. Desde que yo era cachorro me habló de tu país. Estoy cansado. ¿No te importa que me acueste?

Julián se acercó a la cara del dragón.

—¿Puedo tocar tu piel? —preguntó.

—Adelante. Pero no me hagas cosquillas. Los dragones somos muy sensibles.

Julián tocó la piel del dragón. Era más gruesa que la llanta de un tractor. Sin embargo, al menor contacto, el dragón comenzó a revolcarse de risa:

—Ji, ji, ja, ja. Te dije que no me hicieras cosquillas.

La tierra retumbó con sus volteretas:

—Ji, ji, ja, ja.

La risa en draguno clásico era idéntica a la risa en español.

—Apenas te toqué —dijo el muchacho.

—Los humanos tienen excusas para todo. No aceptan nada.

—Está bien: te hice cosquillas.

—¡Me encanta conocer a un humano que acepta sus errores! Te contaré por qué estoy aquí.

Julián se sentó a la sombra del dragón, en una roca grande y pulida, ideal para escuchar una historia:

—Hace muchos años, el príncipe Kim vino a estas tierras en busca del mejor herrero del mundo. En esos tiempos no había Internet pero las noticias viajaban con el mejor sistema de comunicación que jamás se ha inventado: la conversación —después de una pausa, siguió—: la fama de Pedro García había llegado a Asia, y Kim necesitaba una espada para las terribles guerras que se avecinaban. Corea es un país pequeño entre dos potencias: China y Japón. Pero lo más importante de ese viaje no fue la espada.

—¿Qué fue?

—Mi abuelo vino por una espada pero descubrió algo más importante: en este país crece una planta que ayuda a que los dragones produzcan fuego. ¿La conoces?

—No.

—Los pocos dragones que aún existimos casi no tenemos fuego. Te voy a hacer una demostración.

Yi Kan Lu se puso en pie. Alzó sus extremidades, abrió sus fauces, rugió lo más fuerte que pudo y expulsó una llama pequeña, como la de un cerillo. Dos tristes hilos de humo salieron de sus redondas fosas nasales.

—¿Ves? ¡Soy un dragón sin fuego! Necesito la planta mágica. En Asia puedes conseguir todos los aparatos electrónicos que quieras, pero escasean las hierbas de otros tiempos. Vine a devolverle la espada a Pedro a cambio del secreto para escupir fuego. ¿Podrías llevarme con él?

Julián se imaginó lo que pasaría si llegara a la fiesta del pueblo con su amigo el dragón. El borracho Fernando le lanzaría un botellazo y los policías querrían arrestarlo. No es fácil aceptar a un desconocido con alas, cola, orejas puntiagudas y garras recién limadas.

—Mejor espérame aquí.

—¿Y qué haré mientras tanto? He probado toda clase de hierbas y saben horrible.

Con razón el aire olía a verduras quemadas.

—No te preocupes, Pedro García es mi mejor amigo.

Al regresar al pueblo oyó la música de la fiesta y creyó distinguir la tuba que tocaba su padre. Por un momento pensó en ir al baile, pero tenía cosas más importantes que hacer.

Llamó a la puerta de El Clavo Ardiente. Nadie abrió. Decidió esperar ahí.

Se quedó dormido bajo el sol de la tarde, debilitado por la caminata y por no comer en todo el día. Despertó cuando ya era de noche. Sus ojos agudos vieron una estrella en el cielo. "Chispa Dorada", pensó.

Entonces oyó una voz:

—¿Qué haces aquí?

Era Pedro García.

—Necesito hablar con usted.

—Hoy es domingo y ni los coyotes trabajan.

—Es una emergencia.

—Está bien; déjame abrir la puerta.

El Clavo Ardiente tenía siete candados, todos hechos por Pedro García, uno en forma de Luna, otro de Sol y los demás de planetas.

Mientras el herrero abría la puerta, Julián debió darse cuenta de que dos personas se acercaban por la calle: doña Lorena y doña Leonora, conocidas en el pueblo como las Viejas Chismosas y Supermetiches.

Venían de la fiesta en la plaza y habían bebido un ponche que las volvía aún más chismosas y metiches.

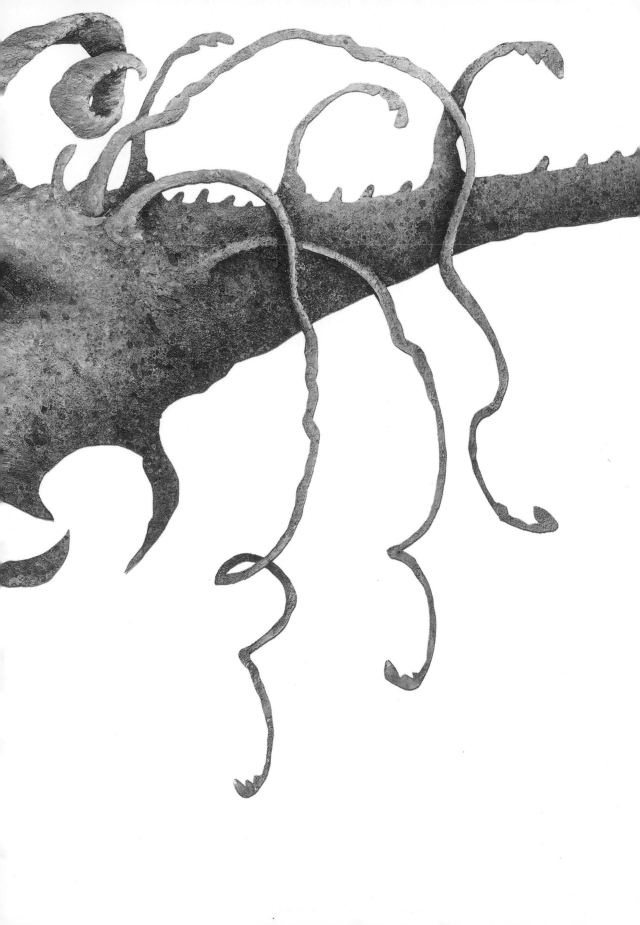

Julián, que era tan observador, debió haberlas visto, pero estaba muy concentrado en lo que hacía don Pedro. No advirtió que otras personas se acercaban y cometió el error de empezar su historia antes de entrar la herrería.

—¡Encontré un dragón! —fue lo primero que dijo.

—¡Por Vulcano, dios de los fuegos! —gritó el herrero.

Pasaron al taller y cerraron la puerta. Pero Lorena y Leonora ya habían oído lo más importante y apoyaron sus orejas sobre la puerta. Aunque la madera era muy gruesa, ellas tenían los oídos superfinos de las personas sumamente chismosas y pudieron escuchar lo que adentro se decía.

Julián habló del príncipe Kim, la espada maravillosa y la planta mágica que necesitaba Yi Kan Lu.

—¿Es verdad que eso pasó hace doscientos años? —preguntó el muchacho.

—Los animales que vuelan y echan fuego son un poco exagerados. Eso habrá sido hace unos ciento cincuenta años.

—¿Qué edad tiene usted?

—No lo sé —don Pedro echó atrás su blanca melena—. No me preocupa el calendario. Descanso los domingos y los demás días son iguales. El tiempo sigue su camino y yo el mío.

—¿Y cómo ha podido vivir tanto?

—Cuido mi dieta, hago lo que me gusta y estoy cerca del fuego. Todo eso ayuda.

—¿No tiene poderes mágicos?

—Si te refieres a trucos o hechizos debo decirte que no, pero tengo un consejo que darte: la vida es mágica. Si sabes aprovecharla puedes vivir como un mago.

—Sigo sin entender: ¿el príncipe Kim estuvo aquí hace ciento cincuenta años?

—Las fechas son lo de menos. Yo era entonces un aprendiz dedicado a hacer clavos. El príncipe descubrió en mí un talento que nadie más había notado. "Haces hablar al fuego", comentó: "Podrías hacer una espada".

—Yi Kan Lu me dijo que usted ya era famoso.

—Así se hacen las leyendas. El príncipe necesitaba un arma especial. Viajó por el mundo y me conoció. Vio algo especial en mí, me tuvo confianza y eso me motivó a hacer un objeto que nunca había hecho. Le debo al príncipe tanto como él me debe a mí.

—Yi Kan Lu confía en usted.

—No sé para qué me necesite —don Pedro habló con una voz más grave, que hacía pensar en todos los humos que había tragado junto a su fogón—. Nosotros creemos que en Asia hay dragones y ellos creen que aquí se hacen espadas maravillosas.

—¡Pero en Asia sí hay dragones y usted hizo una espada famosa!

—A veces las leyendas se vuelven verdad de tanto desear que sean ciertas. Hay dos tipos de animales en peligro de extinción: los que pueden morir porque los amenaza otra especie y los que pueden morir porque la gente deja de creer en ellos.

—Yi Kan Lu necesita que creamos en él.

—¿Dónde está?

—En la cueva del Valle Colorado.

En este momento Lorena y Leonora despegaron las orejas de la puerta. Tenían suficiente material para un gran chisme. Regresaron corriendo al kiosco de la plaza y contaron que un dragón dormía en la cueva de Valle Colorado.

La noticia suspendió la fiesta. Todos se miraron con rostros expectantes.

—¡Vamos por él! —dijo el presidente municipal.

—¡¡¡Sí!!! —rugió la multitud.

—¡Pobre animal, déjenlo en paz! —protestó Rocío.

—No te metas en los asuntos del pueblo —la regañó su mamá y la llevó a la fuerza a su casa.

—Para vivir en la región hay que pedir permiso —dijo el presidente municipal; el diente de fierro brilló en su boca—. Ese dragón no ha pedido permiso: es un intruso.

Los más agresivos subieron a sus tractores, sus caballos y sus camionetas *pick-up*. Llevaban armas de fuego, machetes, antorchas y una soga gigante para ahorcar al dragón.

Ninguno de ellos pensó que se trataba de un animal valioso. No tenían interés científico por conocer a un espécimen de una especie nunca vista ni deseaban averiguar qué hacía por ahí. Por la forma en que preparaban sus armas, quedaba claro que lo único que querían era atraparlo o acabar con él.

Un tesoro de la naturaleza estaba en peligro.

Mientras tanto, Julián y don Pedro seguían conversando:

—¿Ya cenaste? —preguntó el herrero.

—No he comido en todo el día.

—Tenemos que remediar eso. Ven conmigo.

Cruzaron al patio trasero rumbo a un cuarto en el que Julián nunca había estado.

Don Pedro abrió la puerta. Un olor picante llegó a la nariz de Julián. Un foco alumbró el lugar:

—Aquí está el mayor tesoro de México.

En ese cuarto especial no había otra cosa que chiles. Julián vio chipotles rojizos, serranos color verde pulido, largos chiles güeros, aplanados chiles anchos, jalapeños flotando en salmuera, arrugados pasillas, guajillos medianos, redondos moritas, rubios habaneros, chiles de árbol color vino y el fantástico polvo del chile piquín.

—Éste es el fuego del hombre —dijo el herrero—. Aquí hay más remedios y más vitaminas que en una farmacia. El chile mata los microbios, sirve de laxante, tiene vitamina C, la cual ayuda a prevenir la gripe y a que no te oxides como una lata vieja, y vitamina A, esencial para la vista. Esto último te debe interesar a ti, que tienes los ojos más precisos del pueblo.

Don Pedro se puso un tapabocas y le pasó otro a Julián:

—Es un espantaestornudos —explicó—. Si respiras mucho tiempo los chiles, sientes cosquillas en la nariz y estornudas como un dragón, claro que sin echar fuego.

—¿El dragón vino a buscar chiles?

–Eres muy inteligente, Julián. Te contaré todo mientras comemos un guiso de chile especial con pollo común.

No comieron con cubiertos sino con herramientas. Don Pedro partió una pechuga con tijeras y pinchó los bocados con un desarmador.

–Si te pica tengo agua de alfalfa o jugo de mandarina.

Don Pedro se sirvió agua de alfalfa y Julián jugo de mandarina. A continuación, el herrero dijo:

–En Asia los dragones comían hierbas que estimulaban sus glándulas para producir fuego. Aquí tenemos más de cien variedades de chile. Un menú variado para el dragón más exigente.

De postre comieron dulce de tamarindo con chile piquín y flan de coco con una cascarita deliciosa que parecía un pellejo de chile.

Partieron los postres con un serrucho y usaron espátulas para comerlos.

–¿Te gustó la comida?

–Es la mejor que he probado, y la más divertida –añadió Julián, que había disfrutado comer con herramientas.

–Me parece que estás listo para otra sorpresa.

Don Pedro se dirigió a un armario que tenía tres cerraduras. A cada una le dio varias vueltas, usando llaves muy especiales. Al abrirse, las puertas expulsaron una nube de polvo. De la parte superior del armario, don Pedro sacó algo que parecía un libro.

Don Pedro se acercó al fogón para leer a la luz de las llamas. Las páginas estaban escritas a mano.

—Hay muy pocas copias de este libro —comentó—. Fue escrito a mano para que sólo algunos lo conocieran. Es peligroso que sea leído por personas que no sabrían utilizar su sabiduría. Estas letras fueron trazadas por un mago importante.

—¿Y usted no es un mago?

El rostro del herrero cobró un tono rojizo junto a las flamas. Su barba y su melena brillaban como la espuma. Sus ojos parecían carbones encendidos. ¡Era el rostro de un mago! Pero también el de un hombre modesto:

—No tengo poderes especiales. He aprendido a hacer algunos trucos con estas flamas, pero nada más.

Julián entendió que un herrero es tan formidable como un mago. Crear objetos en las llamas era tan singular como hacer un hechizo.

—Para mí, usted es un mago —dijo el muchacho con admiración.

—Como quieras. Lo importante no es el título que me des a mí sino el que tiene este libro: *Cosas que se perdieron y sólo aquí se encontraron.*

Pasó la mano por una página, recogiendo una gruesa capa de polvo. Con un clavo muy puntiagudo, señaló un pasaje:

—Lee esto.

El desconocido autor de aquel libro tenía una letra hermosa. La *ese* parecía una serpentina, la *i* tenía el punto en forma de estrella, la *efe* mostraba un copete elegante.

—"Los dragones de China no tienen alas" —leyó Julián.

—Yi Kan Lu debe tener antepasados europeos. Según dices, sus alas son muy grandes.

—Son enormes.

—Sigue leyendo.

—"Los dragones pueden alcanzar distintos tamaños. Los hay tan pequeños como un colibrí. El Emperador Amarillo, que vivía en la Ciudad Prohibida de Pekín, tenía un dragón de bolsillo que llevaba a todas partes." ¡Sería increíble tener un dragón de bolsillo! —exclamó Julián.

—No te distraigas —don Pedro señaló la página con el clavo.

—"El dragón más grande del que se tiene noticia se llamaba Chen Tang. Medía trescientos metros desde el hocico hasta la cola. Sin embargo, la fuerza de un dragón no tiene que ver con su tamaño. Fei Ling, el poderoso dragón que controla los vientos, no es mayor que un tigre. En Oriente los dragones son de buena suerte. En cambio, en Occidente son temidos y se les considera monstruosos. Los vikingos tallaban un dragón de madera en la proa de sus barcos para asustar a sus enemigos."

Julián dejó de leer y se quedó pensando.

—¿Qué sucede, muchacho?

—Usted dice que en Asia, o sea en Oriente, los dragones no tienen espacio para vivir ni encuentran las plantas que los ayudan a echar fuego. Pero aquí dice que los consideran de buena suerte.

—Sí, amigo mío, pero nadie vive de buena suerte. Los chinos, los coreanos y los japoneses viven de fabricar coches y televisiones.

—Tal vez lo han logrado porque los dragones les dan suerte.

—Es posible, pero eso, querido amigo, es algo que no se puede comprobar. La suerte siempre es secreta.

—¿Cómo consiguió este libro?

—Me lo heredó mi maestro, el hombre que me enseñó a dominar el fuego. Contiene muchos secretos. Has aprendido algo de los dragones, tal vez en el futuro puedas leer otras cosas aquí.

Dicho esto, el herrero volvió a guardar el libro en el armario, bajo tres llaves.

—Piensa en todo lo que te queda por conocer. Tu vida será muy interesante —una vez más, don Pedro hablaba como un mago; luego dijo—: Los misterios abren el apetito. ¿Quieres más dulce de tamarindo?

—¡Claro!

Disfrutaron el postre sin saber la suerte que corría su amigo Yi Kan Lu.

El dragón dormía en su cueva, soñando en su esposa de alas suaves y largas pestañas, cuando escuchó un ruido a la distancia.

Pensó que se trataba de Julián y don Pedro García, y salió confiado a recibirlos.

En medio de la noche vio un sinfín de llamas. Le pareció una buena señal, pues había viajado en busca de fuego para su garganta.

Pero eran las antorchas de sus perseguidores.

El presidente municipal bajó de su *pick-up*, seguido de unos treinta hombres armados con picos, palas, rifles de cacería, trinchadores, escopetas, machetes, resorteras y una cerbatana.

El confiado y amable Yi Kan Lu se inclinó para saludarlos.

Este gesto de paz fue malinterpretado por los hombres que acababan de atravesar el desierto para encontrar a un animal de fábula:

—Se rinde ante nosotros —dijo el presidente municipal.

—¡Vamos a colgarlo! —un hombre cruel mostró una soga.

—No, vale demasiado —dijo otro.

La ambición brilló en los ojos de los cazadores y en el diente metálico del presidente municipal:

—Si lo atrapamos vivo podremos venderlo a un zoológico —propuso un codicioso.

—O a un circo chino…

—O a un espectáculo de dragones sobre hielo…

—O a un millonario de Hollywood para que haga una película…

—Si lo matamos y lo disecamos, podríamos venderlo a un Museo de Historia Natural.

—O a un Museo de los Seres Maravillosos…

—No: es mejor conservarlo vivo para que se convierta en la atracción de un parque temático.

—Sí, podríamos exportarlo a Estados Unidos. ¿Cuántos dólares vale un dragón?

Ninguno de los presentes sabía nada de la compra y venta de

dragones, pero en esos casos siempre hay alguien que finge tener información:

—Un dragón joven, con buena salud y todos los dientes, vale hasta dos millones de dólares.

—Podemos depositarlo en un banco y cobrar intereses —dijo alguien que creía saber de finanzas.

—En Estados Unidos nos darán una fortuna por él —dijo el presidente municipal—. Eso sí, tendré que cobrar un impuesto de exportación.

—¡¡¡¡Hay que capturarlo!!!! —gritaron todos.

Lo que no sabían es que Yi Kan Lu, también conocido como *Chispa Dorada*, había aprendido español en Internet.

Con estupenda pronunciación, el visitante asiático dijo:

—¡No estoy en venta!

Una pequeña flama acompañó sus palabras.

—¡Echa fuego! —gritó un miedoso.

—Pero muy poquito —contestó un atrevido.

—¿Dónde está Julián? —preguntó el dragón.

Los hombres se miraron unos a otros: el muchacho no estaba ahí.

—Sólo hablaré con él —añadió Yi Kan Lu.

—Ella también quiere hablar contigo —un perseguidor señaló su escopeta—. Esta arma se llama Lupita y te quiere dar un beso de lumbre —acto seguido, disparó un cartucho.

El aire se llenó de olor a pólvora, pero los perdigones no dieron en el blanco.

Yi Kan Lu alzó el vuelo y desde la altura gritó:

—¡Conozco el olor de la pólvora! Fue inventada en China, donde tengo algunos parientes. Me gusta que se use para fuegos artificiales pero no para matar. ¡No volverán a verme!

Dicho esto, se perdió en las nubes.

El hombre que había disparado comenzó a llorar:

—¡¡¡Soy un idiota, por mi culpa desapareció el dragón!!! Era tan bonito, tenía alas tan grandes y una cola preciosa. Su panza parecía un balón de futbol. ¡Y qué pezuñitas! ¡Ay, de mí, soy el tarado del pueblo!

—Si era tan bonito, ¿por qué lo quisiste matar? —preguntó alguien, con mucha razón.

—Me gusta coleccionar cosas bellas. He disecado loros de colores.

—¿No es mejor que los animales estén en libertad? —preguntó el mismo hombre.

El cazador contestó:

—Tengo un abanico de plumas de pavorreal, un monedero de piel de ratón, un abrigo de conejo manchado y peines de concha de tortuga.

—Un dragón no puede estar en libertad. Es demasiado valioso —opinó el presidente municipal—. Tal vez se trate del último dragón de la historia. Debe valer mucho. ¡Dejamos escapar millones de dólares!

—¡¡¡Soy un triste idiota!!! —repitió el dueño de la escopeta, sin dejar de sollozar—: Me pueden embarrar de miel para que se me peguen las moscas. Me pueden hacer cosquillas en las plantas de los pies con una pluma de ganso. Aceptaré que me azoten en la plaza del pueblo. ¡El dragón se fue por mi culpa! ¡Soy un traidor a la patria!

–Basta, no exageres, tampoco eres tan importante –dijo el presidente municipal.

–¿Mi disparo no fue grave?

–No le diste al dragón.

–Pero se asustó por mi culpa.

–Puede regresar: quiere hablar con Julián.

–¿Julián es más importante que yo? –el hombre de la escopeta estaba muy decepcionado– ¡Es un muchacho con los ojos chuecos!

–El dragón quiere hablar con él.

–¡Soy un fracasado! ¡Ni siquiera pude causar una tragedia! Embárrenme de miel, azótenme, háganme cosquillas, búrlense de mí: todo al mismo tiempo.

Aquel hombre que quería ser famoso volvió a escuchar una terrible opinión:

–No eres tan importante.

Al día siguiente, Julián se despertó muy temprano para ir a la escuela, pero no pudo hacerlo porque llamaron a la puerta de su casa.

Su madre abrió el candado en forma de corazón y se encontró con el presidente municipal, que sonreía mucho, enseñando su diente de fierro. Tenía gruesos bigotes y ojos redondos como monedas de cinco pesos.

—Mis respetos, señora —dijo, quitándose el sombrero vaquero—. ¿Podría hablar con su excelente hijo?

—Adelante, ¿quiere un cafecito?

—¡Qué hermosa casa! ¿Cabemos todos?

El presidente municipal siempre iba acompañado de cinco ayudantes que habían engordado de tanto comer tortas mientras vigilaban a su jefe.

—Es mejor que entre solo —dijo el presidente—. ¡Un sitio pequeño pero acogedor! —comentó en la cocina— Huelo un café delicioso. No me molestaría beber una taza mientras aguardo a su magnífico hijo.

La madre sirvió café; segundos después, el muchacho se presentó, con la cara recién lavada.

—Un chico limpio. Se ve que eres un ciudadano notable —dijo el presidente municipal—. Voy a proponer que te den la medalla al mejor copete de la región. Tus ojos están desnivelados, pero me han dicho que por eso ven mejor —entonces arremetió con una pregunta—: ¿Has visto al dragón?

—¿Se refiere a Yi Kan Lu?

—Veo que lo conoces —el presidente municipal se frotó las manos—. Ayer tuve un encuentro con él, pero se me escapó… quiero decir, se fue volando.

—¿Por qué?

—Digamos que una persona que me acompañaba exageró con la pólvora.

—¿Qué quiere decir?

—Bueno, nada grave, cosas que pasan entre la gente común: una personita del pueblo tomó su pequeña escopeta, que por cierto se llama Lupita, apuntó y jaló el gatillo, pero por suerte la mano le temblaba y el sudor le nublaba la vista. Además tiene mala puntería y problemas en su casa. Se trata de un hombre nervioso. Total: falló el disparo.

—¿Le dispararon a Chispa Dorada?

—Fue una exageración, sólo queríamos atraparlo… quiero decir, sólo queríamos invitarlo a que conociera el pueblo. Podemos llevarlo de excursión a la cascada del Velo de Novia, de picnic al Cerrito Cuadrado o a la iglesia de Santa Quesadilla, que tiene un altar tan bonito.

—No es un turista —dijo Julián con voz seca.

—¿Por qué está aquí?

—Busca una planta especial, que le permita lanzar fuego.

—Eso suena fantástico. ¡Tenemos una planta de luz! Podríamos conectarlo para que lance chispas. ¿Dices que su nombre es Chispa Dorada?

—No busca una planta de luz sino una planta vegetal.

—¡Claro! ¡La mayoría de las plantas son vegetales! ¿Dónde tengo la cabeza? —se abanicó con su sombrero— ¿En qué puedo ayudarte? ¿Quieres que integremos una Comisión de Vegetales? Mis ayudantes saben más de tortas, pero también los he visto comer elotes. ¿Los elotes son vegetales? —se rascó la cabeza— Te pido que busques al dragón. Si lo haces, mandaré hacer un monumento en tu honor, la Estatua del Niño Obediente.

Julián estaba ante un asunto muy delicado. Un político había ido a su casa a pedirle ayuda. Pero él no quería que le hicieran daño a Chispa Dorada. Ya le habían lanzado un balazo. El único en quien confiaba era Pedro García.

Como no contestaba, el presidente municipal mejoró su oferta:

—Las estatuas se hacen en tres tallas: chica, mediana y grande. Si cumples de maravilla, tu estatua será la primera extragrande.

—No quiero una estatua.

—Admiro que seas tan modesto. ¿Qué tal dinero contante y sonante?

—No quiere dinero.

—Admiro que no seas interesado. ¿Qué tal un viaje a la capital del estado?

—No quiero un premio.

—Entonces, ¿qué quieres? —el político se puso rojo de desesperación— ¡Escuincle malcriado!… quiero decir, ciudadano honorable, amigo del alma, empleado del mes, niño perfecto —aquel hombre desvariaba en su afán de hacerse el simpático.

—Quiero que protejan a Yi Kan Lu. Debe ser tratado como un amigo.

—Nunca he tenido un amigo dragón pero podría intentarlo —el presidente municipal se retorció el bigote; luego habló para sí mismo, en voz baja—: eso me podría dar buena imagen en los periódicos… ser amigo de una criatura grandota me haría lucir poderoso… mis cinco guardaespaldas son más gordos que grandotes, sudan mucho y nadie los quiere… el dragón es enorme y bonito… la fama podría ayudarme a ser gobernador… ¡Trato hecho! —exclamó de pronto— Tú ayudas a tu amigo con alas y nosotros nos tomamos una foto con él. ¿Qué necesitas? ¿Una oficina, escritorio de lujo, jarra de agua, teléfono, hojas en blanco, lápices recién afilados, edecanes, banda de música para el festejo?

—Necesito que no me vigilen y que me dejen faltar unos días a la escuela.

—Asunto resuelto: le diré a tus profesores que no irás a clase por emergencia nacional.

El presidente municipal bebió de un trago el café, que ya se le había enfriado.

—He probado mejores bebidas, pero este café tiene un toque especial, señora.

El visitante salió muy contento, pensando en la fama que iba a conseguir al retratarse con un dragón.

Cuando el presidente municipal fue a casa de Julián, las Viejas Chismosas y Supermetiches estaban dormidas, de modo que no pudieron enterarse de nada. Pero, ¿qué hace la gente chismosa cuando no sabe qué sucedió? ¡Inventa los chismes!

Lorena y Leonora dijeron que el pueblo se preparaba para atrapar al dragón y exportarlo a Estados Unidos. La mentira se precisó con muchos detalles: en la vieja fábrica de hilados las costureras tejían una red gigantesca para capturar a la extraordinaria presa. Muy pronto todos serían ricos.

En todas las casas y en todas las calles se repetía la noticia: el dragón les traería una lluvia de oro.

Sin embargo, Pedro García y Julián tenían otros planes.

Fueron a la cueva del dragón y recorrieron el valle. No encontraron otra cosa que las cenizas de su último banquete de plantas quemadas.

Gritaron en vano su nombre. Hicieron una fogata en forma de paloma de la paz para que la viera desde las alturas, pero no hubo respuesta. Yi Kan Lu se había esfumado.

Regresaron muy deprimidos a El Clavo Ardiente.

—Hemos perdido su confianza, muchacho —dijo el herrero—. Pensaba que iba a encontrar amigos y encontró cazadores que querían matarlo o venderlo. La gente de este pueblo no es buena. Algunos lo son, pero otros sólo quieren abusar.

—Todos son malos, don Pedro, todos, todos… —el muchacho comenzó a sollozar.

En eso se escuchó un golpe en la puerta. Un golpe suave, pero decidido. Un golpe de puño pequeño que sabe qué hacer.

Antes de que don Pedro abriera, Julián sabía quién iba a estar al otro lado de la puerta.

En efecto: Rocío.

Venía terriblemente despeinada, con tanto polvo en las mejillas que no se le veía el lunar.

¿Qué le había sucedido? Antes de averiguarlo, Julián pensó que desarreglada se veía aún más hermosa.

Estuvo a punto de cambiar de opinión cuando vio que los brazos de la chica estaban cubiertos por una sustancia viscosa.

—¿Qué es eso? —preguntó Julián.

—Un beso de dragón —sonrió Rocío—. Encontré a tu amigo.

Don Pedro y Julián hablaron al mismo tiempo:

—¿Cómo fue? ¿Qué pasó? ¡Cuéntanos todo!

—Antes que nada, me parece que, como buenos caballeros, deben invitarle algo a la chica aquí presente —sonrió Rocío.

—Es cierto: te ofrezco un asiento —dijo don Pedro.

—¿Quieres un chocolate? —agregó Julián.

—Hay pan dulce…

—Y quesillo muy fresco…

—Mole de boda…

—Chorizo de temporada…

—Y mazapán especial…

—Un vaso de agua estaría bien —respondió Rocío.

A Julián le encantó que fuera tan sencilla.

La vieron beber con gran atención. Aunque tenía mucha sed, la chica dio sorbos tan pequeños que no parecía acabar nunca.

Cuando finalmente vació el vaso, Julián y don Pedro exclamaron al mismo tiempo:

—¿Cómo fue? ¿Qué pasó? ¡Cuéntanos todo!

—Fui al campo a ayudarle a mi papá en sus plantíos y

encontramos que todos estaban quemados. Mi papá se puso muy triste y regresó al pueblo a hacer una denuncia. Yo me quedé ahí y caminé entre las cenizas hasta que vi algo increíble: una huella, la huella más grande que jamás he visto.

–¿De qué era el plantío? –preguntó el herrero.

–De chiles.

–"¡El fuego del hombre!" –dijo don Pedro García– Sigue contando.

–La huella me asustó mucho, pero no tanto como lo que vi después. Al final del terreno había un árbol muy grande, un fresno. De pronto, un llamarada cayó del cielo y la copa del árbol ardió en llamas.

–Yi Kan Lu recuperó su fuego –don Pedro habló con admiración.

–No supe qué sucedía y fui al árbol ardiente.

–Eres muy intrépida –comentó el herrero.

–Tenía mucha curiosidad, quería saber qué sucedía. Cuando llegué ahí oí una risa. Detrás de unos matorrales alguien se divertía mucho. Esto me quitó un poco el miedo. Caminé con cuidado, apartando las ramas y tratando de no pisarlas para no hacer ruido. Me espiné pero no grité. Finalmente, al otro lado de los arbustos vi un inmenso dragón.

Retozaba como un cachorro y se divertía lanzando aros, burbujas, espirales y pequeñas bolas de fuego. Yo pensaba que los dragones eran un cuento chino y de pronto estaba ahí, ante un dragón de verdad.

Julián estaba maravillado de lo bien que Rocío contaba las cosas. Quiso aportar algo a la historia y comentó:

—Se llama Yi Kan Lu.

—Eso me dijo.

—¿Hablaste con él?

—No quería hacer ruido pero soy alérgica al polen. En los arbustos había flores silvestres y estornudé.

—¿Y qué pasó? —preguntó Julián.

—El dragón dejó de lanzar fuego y vio los arbustos con ojos dorados: "¿Quién anda ahí?", preguntó. Luego dijo: "*Somebody there?*" Me dio risa que hablara en inglés y no pude contenerme. Salí de los arbustos muerta de risa.

—¿Por qué habló en inglés?

—Dijo que había escuchado a la gente del pueblo decir que lo querían vender a Estados Unidos. Pensó que unos gringos habían llegado a comprarlo. De todas formas estaba contento. Había comido suficiente chile para recuperar su fuego. Pero le ardía la garganta.

—¿Qué clase de chiles planta tu padre? —preguntó don Pedro.

—Arriero y ancho.

—En este país hay más de cien variedades de chile. Tenemos la mejor despensa para los dragones, pero hay que prepararles una mezcla similar al picante que tenían en Asia y que se volvió muy escaso.

—Yi Kan Lu dijo que sólo usted podía ayudarlo. Por eso corrí hasta llegar acá.

–Sólo yo, si me ayudan ustedes.

–¿Qué debemos hacer? –preguntó la chica, entusiasmada.

–Vamos al cuarto del fuego quieto –don Pedro habló con la voz grave con la que decía las cosas importantes.

Julián supo que se refería al sitio donde guardaba los chiles.

Al abrir la puerta respiraron un aire picante. El herrero les tendió los espantaestornudos.

–Toda mi vida he trabajado con el fuego –explicó–, pero me costó mucho tiempo entender que su forma más valiosa está en los chiles. Cada chile puede ser una chispa, una llama, una fogata o un incendio. El fuego es útil cuando calienta y terrible cuando quema. El chile es una estufa de sabor y además alimenta. El valiente Yi Kan Lu se atrevió a venir hasta acá. Debemos prepararle la mezcla perfecta. Hay fuegos que combinan mejor que otros.

Don Pedro abrió muchos frascos, sacó chiles de todo tipo, los pesó en una balanza y le dijo a Julián:

–Tienes la mejor mirada del pueblo. Te pido que rebanes estos chiles y les cuentes las semillas y las venas. Un buen chile debe tener una sola vena para que pique pero no demasiado y no más de veinte semillas, que dan sabor sin raspar la garganta. Usa tu cuchillo.

El filo era ideal para rebanar chiles.

Rocío recibió otra tarea:

–Si estornudas con el polen quiere decir que eres muy sensible: deberás ponerte una semilla de chile en la punta de la lengua y calificar su picor del 0 al 10. Buscamos un chile de 7.5 (el picor tiene decimales). Entre semilla y semilla bebe un poco de agua, que veo que te gusta.

Los muchachos se concentraron en sus tareas mientras don Pedro iba a un desván en el que hizo mucho ruido. Julián terminó de preparar sus chiles y Rocío de medir el picor. Luego fueron al desván, donde todos los cachivaches habían sido arrinconados menos uno que ocupaba el centro del lugar. Era un inmenso molcajete.

Don Pedro depositó ahí los chiles. Dio martillazos sobre el molcajete hasta obtener una salsa espesa.

Colocaron el contenido en cubetas y fueron al fogón donde se fundían los metales:

—El fuego con fuego mejora —don Pedro calentó la salsa, revolviéndola con un gancho de hierro.

Dedicaron horas a la tarea.

Al anochecer, Julián miró las estrellas y le habló a Rocío de las formas del cielo. Después de tanto trabajar estaba extrañamente tranquilo.

El momento era estupendo pero se echó a perder porque un enviado del presidente municipal llegó en una motocicleta a pedir noticias de Julián y del dragón.

—Regresa en dos días —le dijo el herrero—. Los inventos toman tiempo.

Rocío y Julián fueron a sus casas. A lo largo de dos días visitaron El Clavo Ardiente para ayudar a don Pedro.

—¿Por qué tenemos que secar los chiles? —preguntó Rocío.

—El Sol es un fuego distante. Está alimentando la comida del dragón.

Después de dos días, recogieron la mezcla y la molieron en una licuadora hasta convertirla en un polvo finito, finito.

—Manjar de dragón —dijo don Pedro.

—¿Puedo probar? —preguntó Rocío.

—Sí, pero te va a saber raro.

Julián y Rocío probaron unos granitos de polvo. Sucedió algo muy curioso: no picaba.

—Para los dragones el chile no es un condimento sino un combustible. Este polvo no pica pero ellos lo convierten en fuego; es tan nutritivo como el chile crudo pero no irrita. Los dragones echan fuego pero tienen estómago delicado. La naturaleza es muy caprichosa.

Don Pedro, Julián y Rocío llevaron el polvo a Yi Kan Lu.

—Debes tomar una dosis de principiante —recomendó el herrero—. Con una lengüetada basta.

Chispa Dorada tomó una probadita y produjo una flama en forma de espiral.

—¡Qué maravilla! —exclamó el dragón— Lo que había oído era cierto: esto no es una leyenda.

—Tampoco tú eres una leyenda —le dijo Julián.

Yi Kan Lu probó más polvo. Esta vez comió más de la cuenta

y produjo una llamarada que achicharró unas plantas a doscientos metros.

Desde ahí llegó un grito:

—¡¡¡Auch!!! ¡Se me queman las patas!

A continuación hubo disparos.

¿Qué sucedía?

Las Viejas Chismosas y Supermetiches habían propagado el rumor de que el dragón sería exportado a Estados Unidos. Los bribones que nunca faltan quisieron encontrarlo por su cuenta para hacer su propio negocio. Estaban tras los arbustos cuando fueron alcanzados por una lengua de fuego. Por eso dispararon. Pero tenían malos rifles y peor puntería.

—¡Suban a bordo! —Yi Kan Lu le dijo a don Pedro, Rocío y Julián.

Antes de que los cazadores volvieran a disparar, el herrero y los muchachos subieron al lomo del dragón. Se aferraron a la mochila de seda y despegaron rumbo a un cielo azul.

Desde lo alto, Julián vio las milpas, los cerros, las cañadas, los ríos, los rebaños de ganado, las piedras doradas por el sol y entendió que el país era mucho más hermoso cuando lo miraba un dragón.

—Ustedes viven en el paraíso —comentó Yi Kan Lu.

Fueron a una laguna porque el dragón tenía sed después de lanzar tanto fuego y lo vieron beber un buche de muchos litros.

—No te acabes el agua porque arruinarías nuestros cultivos —le advirtió Rocío.

—Me recuerdas a mi esposa; siempre tiene algo que aconsejar —dijo el dragón.

Los cazadores ilegales fueron arrestados en la cima de un cerro donde disparaban a lo loco. Lorena y Leonora avisaron que estaban ahí.

¡Al fin sus chismes sirvieron para algo!

Amarraron a los ladrones y los llevaron al kiosco de la plaza.

El presidente municipal escribió una inmensa pancarta para que fuera leída desde el cielo, donde volaba Yan Kin Lu:

BENGAN ACÁ
LOS ADORO MUCHO
SON MIS INBITADOS DE ONOR

Aunque la ortografía era muy mala, el dragón y sus tripulantes decidieron hacerle caso al mensaje. Yi Kan Lu había recuperado el fuego y podría defenderse ante una amenaza.

Fueron recibidos como visitantes ilustres, con música, confeti, serpentinas de colores. El viejo cañón que había servido para las guerras de Independencia, fue disparado veintiún veces al aire, en señal de respeto a los nuevos héroes del pueblo.

Se sirvió una gran variedad de tamales y la banda tocó *El son del dragón*, que decía así:

Ahí nos vemos cocodrilo:
Mi mascota está más gorda
Y su fuego nunca estorba
Dale un besito al dragón
Y lanzará llamaradas
En forma de corazón.

Cuando la melodía terminó, algunas personas, que seguían esperando que eso fuera un negocio, gritaron con todas sus fuerzas:

—¡Queremos oro, queremos oro!

—¿Qué sucede? —preguntó el herrero.

El presidente municipal explicó que la gente del pueblo tenía ilusión de ganar dinero con el dragón.

—Es nuestro amigo, no vamos a venderlo —dijo Rocío.

—Si lo amenazan, puede incendiar el pueblo —agregó Julián.

—Hace muchos años conocí a su abuelo —explicó don Pedro—. Ese dragón nos ayudó mucho. Entonces el Valle Colorado no era fértil. Se trataba de un desierto sin plantas. Durante varios días él lanzó llamaradas al cielo. Las nubes se calentaron y al enfriarse hubo lluvia. Así surgieron las plantas que ahora tenemos y la tierra se volvió rojiza. Los dragones son útiles. Podemos hacer un intercambio con Chispa Dorada: nosotros le damos chile y él nos da fuego.

—Y nos podemos fotografiar con él —dijo el presidente municipal, que pensaba en su fama.

Entonces Yi Kan Lu exclamó:

–¡Trato hecho!

El dragón se divirtió con las cámaras (sobre todo cuando usaban *flash*, ese fuego que no quema). Salió muy sonriente en las fotos, alzando las garras como los humanos alzan sus pulgares.

Brindó con un trago de mezcal y de su boca salió una llama muy peligrosa.

–¡Esta bebida es puro fuego! –opinó– Tendré cuidado con ella.

Al final del festejo, sacó la espada del príncipe Kim y se la dio a Pedro García:

–Es hora de que esta espada regrese a su hogar.

Julián recordó que la palabra *hogar* significa "casa" y también "fuego".

El herrero alzó la espada entre la ovación de la multitud. Había tanta gente que Julián se sintió perdido. ¿Dónde estaba Rocío?

No era fácil encontrarla entre las personas que se abrazaban, se tomaban fotos y saludaban al dragón.

Pero él tenía los mejores ojos del pueblo. En medio de la multitud, entre un bosque de brazos, vio algo muy pequeño, que sólo él era capaz de distinguir: un puntito negro, el lunar más valioso del mundo.

Se dirigió ahí, sorteando gente que le daba palmadas y lo abrazaba por haber traído al dragón.

Finalmente llegó adonde lo aguardaba Rocío, muy sonriente, con una pregunta en la boca:

–¿Cómo conociste al dragón?

–Te llevaré al sitio donde lo encontré –respondió Julián.

Al día siguiente fueron al Valle Colorado.

Caminaron rumbo a la cueva.

–Vamos a descansar un rato –propuso Rocío–. Ahí hay unos árboles.

Se sentaron bajo la sombra, sin decir palabra. Luego ella se puso de pie y notó algo en un tronco. Un corazón con dos letras: *R* y *J*.

–¿Lo hiciste con tu cuchillo? –preguntó, llena de curiosidad.

–Sí –confesó Julián, poniéndose tan colorado como la tierra del valle.

–¿Me lo prestas?

Julián le tendió el cuchillo.

Ella le agregó una flecha y unas gotitas de sangre enamorada.

–Así está mejor –sonrió y le dio un beso a Julián.

Estaban tan contentos que se les olvidó ir a la cueva. Eso ya no era necesario.

Julián sintió un agradable calor en el pecho y supo que también el amor es un fuego.

A partir de ese día se estableció un comercio entre el pueblo y los dragones de Asia. A cambio de polvo de chile, se acordó que un dragón de guardia viviera ahí, cuidando que no faltara fuego en ninguna estufa y ninguna chimenea.

Si alguien quería encender un cigarro o las velas en un pastel de cumpleaños, el dragón se acercaba a lanzar una flama. Si una nube negra se aproximaba trayendo una tormenta, el dragón la disolvía con una llamarada.

La vida del pueblo mejoró mucho con esos fuegos tan bien controlados.

Poco a poco el número de los dragones aumentó en Corea, China y Japón, y nuevos dragones llegaron a hacer negocios a México.

Un día, Yi Kan Lin, hijo de Yi Kan Lu, se presentó en el pueblo en compañía de su esposa, a la que le fascinaron los tamales cocinados en leña. Decidieron establecerse ahí para siempre. En draguno clásico, Yi Kan Lin quiere decir "Chispa de Plata". Su esposa se llamaba Ya Ni Ma, que quiere decir "Rocío" (le encantó tener una tocaya en el pueblo).

Yi Kan Lin y Ya Ni Ma se encariñaron tanto con el país que cuando tuvieron un cachorro decidieron ponerle Pancho.

A partir de ese momento, el pueblo contó con tres dragones residentes. Los padres trabajaban haciendo fuego y Pancho se divertía haciendo travesuras y comiendo dulces con chile piquín. Con el tiempo se convirtió en el encargado de los fuegos artificiales de todas las fiestas. El dragoncito Pancho hacía cabriolas en el aire y lanzaba llamas en vistosos dibujos.

Una noche trazó en el cielo un inmenso corazón de fuego.

—Lo encargué para ti —dijo Julián, abrazando a Rocío.

Nunca se supo si en verdad don Pedro García tenía tantos años. Lo cierto es que vivió hasta muy avanzada edad, con buena salud, sin que le diera gripe ni calambres en los pies. Cuando le preguntaban cuál era su secreto, echaba su melena blanca atrás, acariciaba su barba espumosa y, con la voz de un sabio que ha preparado la espada de un príncipe, el cuchillo de un héroe y la dieta de los dragones, decía:

—El fuego tiene vitaminas.

Luego, mascaba un chile.

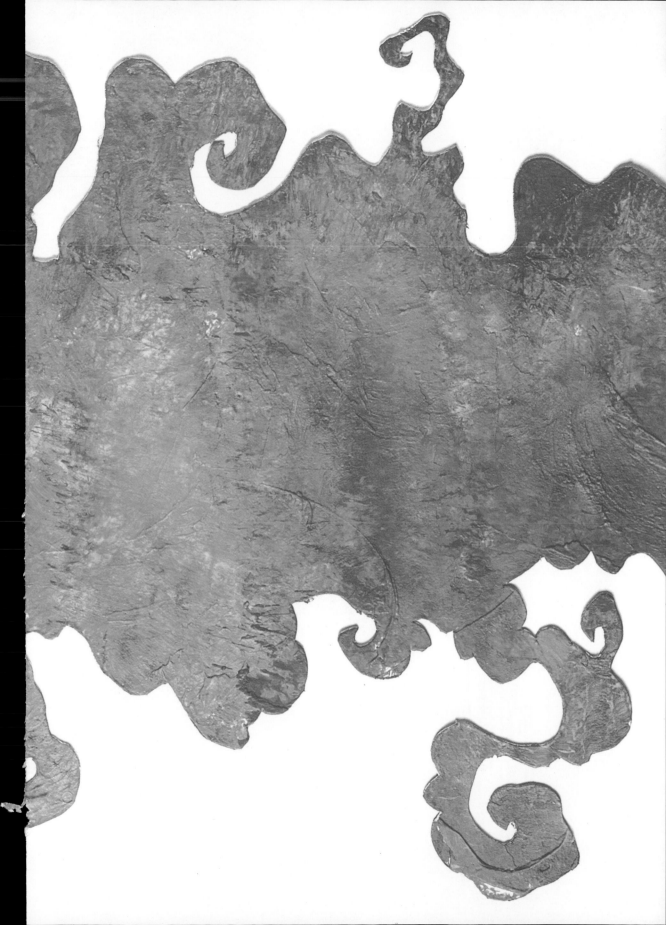

El fuego
tiene vitaminas

de Juan Villoro,
ilustrado por Juan Gedovius,
se terminó de imprimir y encuadernar
el 20 de noviembre de 2014,
en los talleres de Editorial Impresora Apolo,
Centeno 150-6, Col. Granjas Esmeralda,
C.P. 09810, México, D.F.
Para su composición tipográfica se emplearon
las familias Bodoni Poster y Adobe Garamond de
15:20. El diseño es de Alejandro Magallanes.
El cuidado de la edición estuvo a
cargo de Karina Simpson.
La impresión de los interiores se realizó
sobre papel Bond de 120 gramos y el tiraje
consta de dos mil ejemplares.